RAMÓN DE CAMPOAMOR

DE L'ACADÉMIE ESPAGNOLE

L'AMOUR OU LA MORT

MONOLOGUE

TRADUIT EN VERS

PAR

GEORGES BOURET

PARIS

IMPRIMERIE A. LANIER

14, Rue Séguier, 14

—

1885

L'AMOUR OU LA MORT

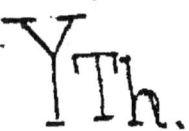

RAMÓN DE CAMPOAMOR

DE L'ACADÉMIE ESPAGNOLE

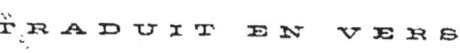

L'AMOUR OU LA MORT

MONOLOGUE

TRADUIT EN VERS

PAR

GEORGES BOURET

PARIS

IMPRIMERIE A. LANIER

14, Rue Séguier, 14

—

1885

A Monsieur CARLOS DE OCHOA

je dédie cette traduction.

G. B.

L'AMOUR OU LA MORT

MONOLOGUE

Un salon avec deux portes latérales. — Une table au milieu. — A droite
un balcon donnant sur un parc. — Marthe entre par la porte de
gauche et vient à celle de droite, en suivant avec anxiété les pas de
quelqu'un qui s'éloigne.

I

Ils vont se tuer. Tout homme amoureux
Est un fou qu'il faut tenir à la chaîne.
Bien des assassins sont moins dangereux
Que ces combattants, sans témoins, par haine.

(Elle lit un papier qui se trouve sur la table.)

Le rôle est prévu. De cette façon,
Le code sera sot comme un homme ivre :
— « Que jamais ma mort n'éveille un soupçon :
Je meurs parce que je suis las de vivre. » —

II

Que l'un ou l'autre tombe, il le faut, c'est dicté.
Ivan ou mon mari, le sort en est jeté !
Et je suis impuissante... Ils se battront quand même,
Que je me tue ou non : cette guerre suprême
Convient, seule, aux jaloux. Ma raison se débat,
Je dois attendre en paix la fin de ce combat.
Pourquoi le ciel a-t-il choisi, besogne infâme !
Le moule des martyrs pour façonner mon âme ?
Au calme je demande en vain une leçon,
Je me sens prise hélas ! d'un éternel frisson ;
Et la sueur qui perle à ma tempe blessée,
Y monte, tour à tour, ou brûlante, ou glacée.

III

Mon mari! quel talent déployait le félon

Pour cacher à mes yeux ses lettres véritables!

Pour me prouver qu'Ivan, las d'un amour trop long,

Etait l'époux d'une autre, il inventait des fables.

Et je pourrais, après cet acte criminel,

Permettre qu'un tel homme, à mon foyer, s'asseie?

Le feu prenne plutôt à ce toit paternel,

Sous lequel je suis née! Ou bien, soit, qu'il essaie!

Quand je pense au moyen dont ce faux confident

Se servit pour tromper ma passion naïve,

Je déchire les mots qui sifflent sous ma dent,

Ma poitrine est en feu, ma gorge est sans salive.

IV

Ivan! Mon pauvre Ivan! Tu vins,
Croyant me trouver libre encore,
Le cœur joyeux, plein d'espoirs vains,
Tenir un serment qui t'honore.
Nous ne devons plus nous revoir.
Mieux vaut mourir, sombre phalène,
S'il ne m'est pas permis d'avoir,
Pour vivre, un peu de ton haleine!

V

(Elle regarde dans le parc.)

Personne dans le parc. Si ces sanglants apprêts

Durent longtemps encor, je meurs. Bien, Marthe, après ?

Lequel de ces deux mots passe en première ligne ?

L'amour ou le devoir? Que veux-tu donc, indigne?

Ce que je veux? Tromper mes heures de tourment.

Seul, mon cœur, tu connais mes vœux en ce moment...

Ainsi qu'on jette au feu les branches émondées,

Je voudrais, de ma tête, arracher les idées.

C'est fou. Pour me venger du honteux pilori

Auquel tu m'as trainée, ô perfide mari !

Je voue un tel amour à l'amant que tu railles,

Qu'il ne saurait tenir dans toutes mes entrailles.

VI

Hélas ! depuis le triste jour
Où, l'homme fourbe, par amour,
Me jura que le mariage
M'avait pris Ivan, sans partage,
Je n'ai pas su trouver l'oubli.
Le cœur froid, le corps affaibli,
Fidéle au mal que je supporte,
J'ai vécu, là, comme une morte.
Et cependant, sur mon chemin,
Je voulais, de l'amour humain,
Extraire la divine essence.
O souveraine jouissance !
Malgré tous mes efforts, jamais
Je n'atteignis tes hauts sommets.

VII

(S'approchant du balcon.)

Le voici. Son amour lui tourne encor la tête.

Jadis il était fou, maintenant il est bête.

Par pitié, s'il succombe... il mourra pardonné.

S'il vit, à mon mépris, il sera condamné.

Avec quel air joyeux à la lutte il s'apprête !

J'ai peur en le voyant, et lui, que je maltraite,

M'aime tant qu'il savoure, ô mets délicieux !

Le goût fade des pleurs qui coulent de mes yeux.

Il va, las de ruser et de vomir sa bile,

Ou tuer, ou mourir, en duelliste habile.

Ce monstre, dont la chair est en rébellion,

A, pour moi qui le hais, les ardeurs d'un lion.

VIII

Ivan vient à son tour. Ivan, désir unique
De mes jours les meilleurs! Quand le sort ironique
Me permet de le voir, mon regard fasciné,
Sur le sien, malgré moi, se fixe, enraciné.
Le ciel sait bien, Ivan, que je suis son épouse,
Parce que je t'aimais et que j'étais jalouse.
Un instant de dépit vaut-il l'éternité?
Il ne voudrait pas croire à ma sincérité
S'il apprenait ici que l'amour dont je l'aime,
Du plus ardent brasier, dépasse l'ardeur même.
L'œil sur son adversaire, inébranlable et fort,
Il se croise les bras pour défier la mort.
Il est là, dirait-on, pour narguer l'homme, en face,
Qui mit entre nous deux toute une mer de glace.

IX

La terre a des odeurs d'incendie, au printemps.
Je quitte cet endroit parce que l'air me brûle.
On respire aujourd'hui du venin qui circule.
Je vois sans regarder, sans écouter, j'entends.

Au moment décisif, devrais-je m'éloigner ?
Pourrai-je empêcher que le mal ne s'effectue.
La rivalité meurt, mais il faut qu'on la tue.
On l'amour, ou la mort : c'est le prix à gagner.

X

(On entend un coup de feu dans le parc.)

O meurtre ! Qu'a-t-il fait d'un être sans défense ?
Le voyant désarmé, les bras croisés, songeur,
Pour l'assassiner mieux, le lâche a pris l'avance.
Haineuse, je voudrais pousser un cri vengeur !
Mais ma rage est si grande, et ma gorge si pleine
Qu'elle ôte, en l'étreignant, ses forces à ma voix !
Rien ne peut égaler ma colère et ma peine.
Mon Dieu ! Qui l'eût pensé ? Qui m'eût dit autrefois,
Que l'homme, devenu le meilleur de mon âme,
Tomberait aujourd'hui sur le sable foulé
Par ma mère, au temps où vivait la noble femme ?
J'étouffe. Mon suprême espoir s'est envolé,
Et mes illusions, conquises une à une,

Me quittent cent par cent, lasses d'être en faisceau.

Combien j'ai désiré, dans ma sombre infortune,

De voir l'amour fait chair, couché dans un berceau!

Qu'ai-je entendu? Sa voix. C'est le vent qui m'apporte

De son cœur épuisé le dernier battement...

Je ne suis qu'une oreille, et je me sens plus forte,

Pour écouter ici l'adieu de mon amant!

Sa voix, c'était la sienne! Oh! je ne suis pas folle,

Puisqu'il vient jusqu'à moi, comme je l'espérais,

Un zéphyr qui me dit en passant : « *Mon idole.* »

Je pleure, enfin! Merci, mon Dieu! Que je souffrais!

Quelle clarté s'élève et pourquoi, devant elle,

Mon esprit inquiet se trouve-t-il jeté?

(Elle s'agenouille.)

C'est son âme qui monte au ciel à tire-d'aile.

Ivan! Ivan! Adieu! jusqu'à l'éternité!

XI

Que je suis malheureuse ! Est-ce l'autre qui monte ?
Sans doute, il vient encor me rappeler ma honte.
Soit, qu'il vienne, il verra lequel résiste mieux,
Ou la femme en courroux, ou l'homme audacieux.
L'amour ne peut avoir, si près de la folie,
Que la mort pour issue, et ma mélancolie
N'a pas, à cet aveugle, indiqué le danger ?
Osera-t-il, ici, de nouveau, m'outrager ?
Quand je pense à l'injure atroce qu'il m'a faite,
Mes cheveux, aussitôt, se tordent sur ma tête.
Dans cette obscurité, mon trouble est si profond
Que mon regard, perdu, voit, du sol au plafond,
Flotter, vague, dans l'air, une chose impalpable.
Mes pieds ont peur d'aller au devant du coupable.
Courage ! En écartant les ombres, de la main,
J'arriverai peut-être à trouver le chemin.

XII

(Elle arrive à la porte de droite. Après l'avoir
fermée, elle en arrache la clef.)

Arrière! Qu'ai-je dit? J'ai dit, arrière, infâme!
Non, non, je ne veux plus vivre et rester la femme
D'un homicide qui, le fait est avéré,
Non content de tuer, s'est encor parjuré.
Ne pouvant, dans le cœur, avant que tout s'achève,
T'enfoncer un poignard, ainsi que je le rêve,
Par ce trou de serrure, à l'aise et sans témoins,
Mes regards, eux, pourront te poignarder du moins.

(On pousse la porte de dehors.)

Le sort t'aveugle, mais, plus que la destinée,
Mon amour est aveugle, et je suis résignée.

Que cette porte s'ouvre et tu meurs à l'instant.

Ivan assassiné, tais-toi donc, imprudent,

Car, tombant comme lui, les gens sauraient peut-être

Que, de ton sang épais, la boue, un jour dut naître.

Ouvrir? Me taire? Oui-dà. J'entends. Tu ne veux pas

Que je t'appelle traître en ce drame où tes pas

Débutant par la honte ont fini par le crime.

Monstre! Et je cacherais la rage qui m'anime?

Maintenant que la mort approche, il ne me faut

Que six pieds de terrain et ton mépris en haut.

Ce qui soulage un peu ma barbare torture,

C'est que je sens aussi se briser ta nature.

— Ouvre, dis-tu, sinon, je te frappe à mon tour? —

Être morte avec lui! Quel beau rêve d'amour!

La porte peut céder, barricade rendue,

Je ne serai plus là, moi, la femme vendue.

Où je vais? Assassin! Ton cœur rempli de fiel,

Ne devine-t-il pas que je cours vers le ciel?

Je vais rejoindre Ivan, morte ou vive, sur l'heure!

Nous allons nous unir où la vie est meilleure!

(La porte cède. Marthe se jette par le balcon.)

Imprimé chez A. Lanier, 14, rue Séguier, Paris.